AF371187

REGRETS SVR
LA MORT DE MADAME
SOEVR VNIQVE DV ROY.

AVEC SES DERNIERS PROPOS

A ROVEN,

De l'Imprimerie de Iean Petit tenant sa boutique
en la cour du Palais.

Iouxte la copie imprimee à Paris par Claude
Monstr'œil.

1604.

Auec permission.

AV ROY.

SIRE,

Ie penſois donner à voſtre Maieſté quelques vers de l'hiſtoire de ſes geſtes: Mais le decez de Madame voſtre ſœur, interrompant mon deſſein, m'a contraint de vous offrir ces regrets, où i'adiouſte des Stances ſur les perfeƈtions de voſtre Maieſté, & ſur la naiſſance de Monſeigneur le Dauphin, afin qu'apres vous eſtre affligé des regrets de Madame voſtre ſœur, vous ayez ſuieƈt de vous reſiouyr de la prediƈtion de Monſeigneur voſtre fils.

REGRETS SVR LA MORT
de Madame, sœur vnique du Roy.

Ntre tant de soufpirs , si mon affliction
De ses tristes accens n'importune les
    Poles,
Qu'on ne l'impute pas à peu d'affe-
    ction,
Les plus grandes douleurs ont le moins de parolles

Comme d'vn feu de paille allumé promptement
On voit soudain la paille auec la flamme esteinte,
De mesme voyez vous pour vn petit tourment
Cesser en soufpirant le mal auec la plainte.

Ou comme du canon l'estonnante rumeur
Se pert aussi soudain que soudain fut son estre,
Ainsi le plus souuent vne grande clameur
Trépasse aussi soudain qu'elle commence à naistre.

Les pauures que l'on voit pleurer les trespassez
Ne déplorent leur mort pour mal qui les oppresse,
Mais pour plaire aux parens, ce leur est bien assez
Qu'ils en portent l'habit, & non pas la tristesse.

Et Moy a qui ce dueil sera continuel,
ie ne puis rendre ainsi ma douleur si vulgaire

Ie veux comme vn vaillant qui combat en duel
Pour surmonter mon mal, peu parler & bien faire.

Mais comment? surmonter vn tourment assidu,
Qui plus ie veux combatre & plus a de surprise,
Et qui maistre d'escrime en son art entendu
Ne feint iamais son coup qu'il ne vienne à la prise.

Helas on disoit bien par les siecles passez
Que la fortune aydoit au courage superbe,
Mais depuis quelques iours ie recognois assez
Qu'ils en eurent l'effect, & i'en ay le prouerbe.

Mais comment la fortune (ô siecle infortuné)
Desormais seroit elle à mes cris fauorable,
Si comme vn affranchy de rechef enchaisné
Elle me fit heureux pour estre miserable.

N'estoy-ie pas heureux d'vne Dame chery
Qui flattoit mes chansons pour sa gloire entenduës,
Et ie suis mal'heureux comme vn riche appauury
Qui va comptant par toutes ses richesses perduës.

Ie raconte aux humains, mais plustost aux rochers,
La perte que i'ay fait d'vne bonne Maistresse,
Mais on me fait ainsi qu'aux desastrez nochers,
On vient sçauoir ma perte, & puis on me delaisse.

Ayant de long ennuis le peuple entretenu,
Plus ie hausse ma plainte, & plus la foule est grande,
Et comme d'vn oracle au vulgaire congnu

A iij

On vient prendre ma voix sans me faire vne offrande.

Si les pleurs y seruoyent i'auroy desià pleuré
Tant que i'aurois en moy quelque chose d'humide:
Et non pas demeurer comme vn homme esgaré
Qui ne sçait ou courir ayant perdu sa guide.

Ie vais bien à part moy quelquesfois proposant
D'adoucir en pleurant ma douleur vehemente:
Mais comme vn forgeron son brasier arrosant,
Plus ie iette de pleurs,& plus elle s'augmente.

Que pourray-ie donc faire entre tant de mal'heurs
Où ie vois ma fortune en fin assubiettie,
Ainsi qu'vn criminel qui gesné de douleurs,
Endurant tous ces maux n'en dit qu'vne partie.

Fortune desormais ie te veux desdaigner
Ainsi qu'vn laboureur le champ qu'il laisse en friche
Car ainsi qu'vn Tyran qui tasche de regner
Tu fais pauure celuy que tu fis le plus riche.

Fust-ce par ta faueur,ou bien suis-ie deceu,
Qu'vne telle Princesse asseuroit mon attente:
Non ce n'est pas de toy que ce bien i'ay receu,
On n'eust iamais bon fruict d'vne mauuaise plante.

Qu'esperera de toy l'homme plus aduisé,
Pour se pouuoir vn iour dire ta creature,
Ainsi qu'vn Alquemiste en son art abusé,
Qui pour ne rien treuuer met tout à l'aduenture

Voila tous les moyens, toutès les qualitez
Dont tu peux faire Roy le plus fimple manœuure:
Et comme Magicien par tes fubtilitez
Faire d'vn beau vifage vne laide couleure.

Mais fçais tu que tu peux, variable iouër,
Affliger les plus grands, & ruiner les plus dignes:
Et comme vn eftranger qui feint eftre muet,
Nous tromper en effect en nous parlant par fignes.

Ie ne t'accufe pas , impitoyable mort,
D'affliger d'vn tel coup les Princes de Loraine:
Mais i'en accufe bien l'inconftance du fort
Qui leur promit du bien pour les payer de peine.

Auant qu'elle mourut, Iunon, Pallas, Themis,
Apollon & Aftree, enuoierent Mercure,
Afin de confoler les Princes, fes amis,
Comme il faut tous payer le tribut a nature.

Quand Mercure arriua il ouyt ce difcours,
Ie legue a Dieu mon ame auec mon efperance,
A la terre mon corps fon funebre recours,
Des pleurs à la Lorraine, & vn dueil à la France.

Ie laiffe au Roy mon frere, vn affable amitié,
A la Royne vn refpect dont ie viens me demettre:
Ie laiffe à mon Beau-pere vne grande pitié,
On doit rendre a fa fin toute chofe à fon maiftre.

Ie laiffe à mon efpoux pour le temps aduenir
La flamme dont il m'a fi feruemment aymee,

Au Cardinal mon frere vn triste souuenir,
„ L'amitié n'est si tost en la tombe enfermee.

A mon autre Beau-frere vn soudain repentir
De n'auoir peu fermer ma funeste paupiere:
A sa femme ma sœur vn fascheux ressentir
D'auoir veu les souspirs de mon heure derniere.

A ma sœur la Princesse vn lamentable Adieu
Voyant par mes douleurs ma fin toute apparente:
A mes Tantes ie laisse vn solitaire lieu
Pour plaindre le trespas de leur bonne parente.

Mercure ne voulant long temps patienter
Retourne dans le ciel sans entendre le reste:
Aussi ne peut-on pas sans tristesse escouter
Les derniers entretiens d'vne bouche funeste.

Puis il vient rendre compte au troupeau immortel
Qui l'auoit enuoyé faire ceste ambassade,
Qu'à peine l'on pourroit consoler vn mortel
De la mort de quelqu'vn qu'il a pleuré malade.

Iunon qui commandoit au celeste troupeau
Voulut auec sa bande elle mesme descendre,
Elle auoit honoré vn si digne berceau
Elle voulut encor' faire honneur à la cendre.

Comme elle vient au lieu où le corps gisoit mort
Elle entend des souspirs que chacun faisoit naistre,
Quel remede peut-on apporter à la mort,
On commance à mourir quand on cōmence d'estre.

Son

Son Alteſſe conſtante en toute autre douleur
Supportoit ceſte cy auec impatience:
Auſſi failloit-il bien en vn ſi grand malheur,
Eſtre ſans paſſion, ou bien ſans patience.

De l'Eſpoux affligé elle n'entend ſinon
Qu'vne bouche affloiblie & d'ennuys & de crainte:
Comme on voila les yeux du grand Agamemnon,
Ie le rendray muet pour mieux dire ſa plainte.

Le Cardinal ſon frere en vn lict detenu
Ne peut ſouffrir le choc de ſi rudes alarmes,
Et comme vn priſonnier par force retenu,
Pour choſe qu'on luy die il n'apaiſe ſes larmes.

En fin ce n'eſtoit plus qu'vne triſte rumeur
Des Lorrains, des François qui furent de ſa ſuitte:
Auez vous pas ouy la dolente clameur
Qu'on fait dás vn vaiſſeau qui n'a plus de conduitte.

Iunon veut conſoler tous ces cœurs deſolez,
Mais ſi toſt leur douleur par diſcours ne s'appaiſe:
C'eſt comme vn Mareſchal qui du vent des ſoufflets,
Eſteint ſouuent ſa lampe & allume la braiſe.

Elle approche du corps, & ſa grande ſplendeur
Qui donnoit à la chambre vne clarté nouuelle,
Teſmoignoit à chacun qu'vne telle grandeur,
Eſtoit toute celeſte, & non pas naturelle.

Elle dit hautement, où eſt la qualité

Dont i'auois anobly ta premiere naiſſance,
Qui fit voir à chacun ta liberalité,
Non ſelon tes deſirs, mais ſelon ta puiſſance.

Puis que tes yeux ne ſont eſclairez du Soleil
A reprendre ma pompe il faut que ie m'eſſaye,
Ou qu'on me rende au moins mon royal appareil,
On rend le principal ou la rente ſe paye,

Ie veux ce dit Pallas, qu'on me rende l'eſprit
Qui la fit eſtimer maiſtreſſe d'Amalthee,
Dés vos plus ieunes ans l'equité vous apprit
Qu'on doit rendre ſans force vne choſepreſtee.

Ie veux ce dit Themis, que l'on me rende auſſi
Ceſte grande equité dont i'honoray ſon aage
Car par vos loix ie puis vous theſmoigner icy
Qu'au plus proche parent retourne l'heritage.

Apres dit Apolon rendés moy promptement
Ma lire qui faiſoit par tout ſa gloire entendre
Auſſi ſçauez vous bien qu'on dit communement
Qui tient le bien d'autruy eſt ſuiect de le rendre.

Par apres dit Aſtree, enuieuſe d'honnéurs,
Pour ma vertu qu'elle euſt ne me ſoyez pas chiche,
Car vous ſçauez aſſez que l'on donne aux Seigneurs
Quelque petit preſent pour en auoir vn riche.

Chacune reprenant le parement plus beau
Qui iadis la combloit & d'honneur & de gloire
Elles donnent ſon corps au funeſte tombeau,

Son ame au Createur, ſon nom à la memoire.

AV ROY.

Par les heureux ſuccez d'vne bouillante ardeur
Le Roy nous repreſéte en luy ſeul vn grád móde,
L'vn à ſon feu, ſon air, & ſa terre & ſon onde,
L'autre vale ur, prudence, abondance, & grandeur:
Par ceux-là l'vniuers en ſon eſtre demeure,
Et par ceux-cy le Roy tient la France plus ſeure.

Le ciel a comme chef ſon Soleil & ſa Lune,
Son eſprit comme chef, preuoyance & bon-heur:
De ceux-là l'vniuers emprunte ſon honneur,
De ceux cy le Roy tient ſon bien & ſa fortune:
Ceux là chaſſent du monde vne obſcure vapeur
Ceux cy chaſſent du Roy & le mal & la peur.

Le ciel a ſon Iris peinte en mille couleurs,
Le Roy a ſon idee en cent couleurs deſpeinte,
De l'vne vient la pluye, & de l'autre la crainte,
Et d'elles vient le bien, & d'elles les douleurs,
Si bien que nous voyós en ceſt aage où nous ſommes
Le monde eſtre regy de meſme que les hommes.

Pour vos aſtres grand Prince & conſtans & qui
meuuent
Vous euſtes la iuſtice, & euſtes la pitié,
L'vne naiſt du pouuoir, l'autre de l'amitié,
Et toutes deux pour l'homme en vn homme ſe treu-

uent,
L'vne donne la crainte,& l'autre le guerdon,
L'vne n'offre que peine,& l'autre que pardon,

Les aftres plus conftants font au ciel attachez,
La Iuftice s'attache a voftre diadefme,
A tou-coup la pitié s'efchappe de vous mefme,
Comme les feux mouuans font du ciel defcochez,
Voulant côme le ciel tous les hommes contraindre
Tantoft à vous aymer,& tantoft a vous craindre.

Les efclairs mefmement poftillons de la foudre
Menacent les mortels pour mieux les affeurer,
Le tourbillon qui femble vn deluge augurer
Pour toute euerfion n'enleue que la poudre,
Et l'hyuer quelquefois n ous couurant de vapeur
Affeure noftre paix au milieu de la peur.

Le feu le plus fubtil & premier élement
Tient au deffus de l'air fa retraicte efleuer,
Et l'air d'humidité tient fa loge abreuuee
Pour rabattre du feu le bruflant mouuement:
Et la terre plus bas qui fert de borne a l'onde,
Parfaict auec ces trois les naiffances du monde.

La valeur comme vn feu remply de violence
Aux lieux plus redoutez va cerchant le danger:
La prudence fe veut en bon ordre renger
Pour rabatre l'ardeur d'vne prompte vaillance:
L'abondance qui fuit la grandeur a cofté,
Parfaict du monde humain l'entiere authorité.

Comme le feu au ciel tient le plus noble lieu,
En l'homme la valeur tient le rang le plus digne:
Comme il est esleué au lieu le plus insigne,
La valeur vous esleue au plus proche de Dieu,
Comme il peut eschanger en feu la masse ronde,
Vos valeurs changeront en France tout le monde.

L'air vn peu plus pesant que le feu son contraire
Alentit son ardeur par son humidité,
Et la prudence ayant plus de solidité,
Affermit la valeur par raison necessaire:
Dont le monde & la France en si nobles effects,
S'affranchissent de trouble, & se donne la paix.

La terre formillant de mille fruicts diuers
Authorise l'honneur de chacune Prouince?
L'abondance souuent authorise son Prince,
Quand aux plus meritans ses thresors sont ouuerts,
Dont leur honneur s'achepte en differentes sommes,
L'vne au pris de ses fleurs, l'autre au pris de ses hom-
  mes.

Vn nombre de poisson dessous l'eau se retire,
Qui luy rendant hommage, y prend son aliment,
Vous tenez sous vos bras vn peuple entierement
Que partant de moyens vostre grandeur attire:
Plus l'eau donne aux poissons, plus se tiennent suiets,
Plus donne la grandeur, plus ell'a de subiets.

Voilà les elemens & les membres diuers
Qui peuuent à iamais asseurer vostre Empire,

Ce sont les elemens sous qui la France aspire
D'aller perdre son nom au nom de l'vniuers,
Où l'on dira ce Roy, qu'autre Roy ne seconde,
Ne se doit par souhait estrener que du monde.

SVR LA NAISSANCE DE MON-
SIEVR LE DAVPHIN.

QVãd Rome veid esteint le saint feu des Vestales
Elle traignoit le ioug d'vne autre nation:
Et nous en nous voyant sans familles Royalle,
Nous redoutions l'effort d'vne sedition.

Mais Rome s'asseura quand vne fille saincte
Luy peut ce feu sacré du Soleil rapporter,
Et nostre peur cessa quand vne Royne enceinte
Nous a peu ce Dauphin d'vn tel Prince enfanter.

Il falloit aux Troyens l'image de Minerue
Pour n'estre par les Grecs en armes desconfits,
Afin que des François le Sceptre se conserue
Il leur falloit auoir à la France vn tel fils,

Iamais en la tempeste vn vaisseau ne s'asseure,
Qu'vn Sainct Elme ne vienne en promettre la fin,
La pauure France aussi ne pouuoit estre seure
Qu'elle ne vit chez elle arriuer ce Dauphin.

Au iour que dãs les eaux quelque Dauphin prend
   estre
La Balaine est charmee en voyant sa beauté,
Ainsi quand ce Dauphin en la France vient naistre
Les plus seditieux en demeure enchanté.

Et les Iuifs rebellez aux Romains se soubsmettét
En voyant sur le soir le Soleil reuenir:
Ainsi de leurs desseins les mutins se demettent
En voyant ce grand Roy au Dauphin raieunir.

Iupiter sceut par force auoir son Diadéme,
Et tint par sa bonté son peuple en amitié,
Et le Dauphin ayant ceste planette mesme,
Sera vainc œur de force & vaiucu de pitié.

Il faut bien que le Turc face estat de se rendre,
Sans qu'il cherche iamais vn plus digne dessein,
Et comme Bucefal voyant cest Alexandre,
De ses mains seulement il accepte le frein.

Et ces vers, mes enfans, font office d'oracles,
Comme il doit vaincre vn iour l'infidelle mutin:
Et comme fit Cyrus surmontant ses obstacles,
Il doit par ses effects accomplir son destin.

F I N.